살아내려 하기보다 살아지는 삶

살 아 내 려   하 기 보 다   살 아 지 는   삶

초판 1쇄 발행 2025. 3. 31.

지은이 박수민
펴낸이 김병호
펴낸곳 주식회사 바른북스

편집진행 황금주
디자인 양헌경

등록 2019년 4월 3일 제2019-000040호
주소 서울시 성동구 연무장5길 9-16, 301호 (성수동2가, 블루스톤타워)
대표전화 070-7857-9719 | **경영지원** 02-3409-9719 | **팩스** 070-7610-9820

•바른북스는 여러분의 다양한 아이디어와 원고 투고를 설레는 마음으로 기다리고 있습니다.

이메일 barunbooks21@naver.com | **원고투고** barunbooks21@naver.com
홈페이지 www.barunbooks.com | **공식 블로그** blog.naver.com/barunbooks7
공식 포스트 post.naver.com/barunbooks7 | **페이스북** facebook.com/barunbooks7

ⓒ 박수민, 2025
ISBN 979-11-7263-283-0 03810

살아내려 하기보다 살아지는 삶

박수민

바른북스

이 글을 펼친 모든 분들에게
당신의 삶이 안녕하기를 바랍니다.

이것은 우울증을 겪은 사람의 나아지는 과정을 오후,
저녁, 밤, 새벽, 아침의 하루로 나타낸 기록입니다.

결코 그 짧지 않은 시간의 흐름을 삶이라는 물결에
맡겨놓으니 하루 속엔 사랑을 말하기도, 괴로워하기도,
따뜻할 수도, 서늘함에 몸서리치는 순간도 다양한 감정
들이 함께했음을 발견하게 되었습니다.

꼭꼭 숨겨둔 일기장처럼 누구에게 보여줄 수 없는 감
정들도 있었지만, 시라고 하기엔 터무니없이 부족한 제 짧
은 글들이 당신에게 담담한 위로가 되기를, 이 마음을 소
망하며 제 글들이 세상 빛을 마주하도록 용기를 내봅니다.

"힘내, 다 잘될 거야."라는 말을 직접 전하기보다 이런 삶도 있으니 당신이 어떤 삶을 살아가고 있든 괜찮을 거라고 안도의 말을 전하고 싶습니다.

여느 사람들처럼 말하는 재주가 타고나지 않아 오늘도 글을 씁니다. 이 책 한 권을 다 읽기에 시간이 오래 걸리지 않을지라도 부디 천천히, 긴 호흡으로 저를 닮은 글들과 눈 맞추며 제 감정들에 공감해 주시길 소망합니다.

살아내려 하기보다 물결의 흐름처럼 살아지는 삶을 살길 소망하며
행복하세요!

목 차

무르익는 저녁

타오르는 밤

몽롱한 새벽

다시, 아침

흐르는 오후

삶을 마주하다

물먹은 솜

축축하고 눅눅한
마치 물먹은 솜처럼 깊게 가라앉는 마음
사랑받는 줄 알면서도 가슴 한편이 공허한 건
나의 욕심 때문일까

그 누구의 잘못도 아니겠지

그늘

네 마음이 그늘져서 다행이다
내가 머물 수 있는 곳이 한편 있다는 뜻이니까
그곳에서 나 잠시 쉬어도 될까?

영원히 좋은 사람

문득, 십 년 전에 알고 지냈던 나의 옛 친구가 떠올랐다
우린 영원히 서로가 서로를
그때의 예전 모습 그대로 기억하겠지?

지금 내 옆에 있는 너에게 나는
십 년 후 어떤 모습으로 기억되고 있을까
좋은 사람으로 남아 있었으면 좋겠다

무지개가 되고 싶다

사람마다 자아내는 고유의 색이 있다면
나는 무슨 색을 띠고 있을까?

그럼 난 여러 가지 색을 품는 무지개가 되어야지
어느 날 바라봤을 때
그 존재에 감동을 느낄 수 있도록

행복한 추락

가을날 떨어지는 낙엽을 보면서
저 낙엽은 행복할 것 같아

결국엔 저 밑 땅바닥으로 도착하고 마는데
살랑살랑 바람을 타고 내려가잖아

가지의 품을 떠나 바람에 몸을 싣고
날아가는 기분을 느끼는
그 순간은 행복하지 않을까?

결국엔 바닥으로 간다고 해도
그래, 그런다고 해도

상처받는 말

말을 해도 어쩜
저렇게 아픈 단어만 골라서 할 수 있지
가끔 보면 어떻게 해야 더 상처받게 할 수 있는지
골똘히 연구라도 따로 하는 것 같아
너는 원래 그런 사람이라는 걸 잘 아는데
그래서 상처 안 받으려 온몸으로 애쓰는데
왜 자꾸 눈물부터 흐르는 걸까 난

세상은 못됐어

치열했던 하루를 보내고 퇴근하다가 만난
모퉁이에 피어 있는 아주 작은 민들레 하나
찰나의 순간에 그냥 지나치지 못하고 발걸음을 멈춘다

이 험한 길가에서도 꼿꼿이 얼굴을 치켜세운 것이 참
기특해서
마음에 눈 녹듯 스르르 따뜻함이 퍼진다

맞아, 나는 이리도 작은 것에 기뻐할 줄 아는 사람인데
세상아 너는 왜 이리 나를 고약한 사람으로 만들지 못
해 안달이니
왜 이리 오늘 하루를 자괴감에 괴롭게 하는 거니

이 꽃 한 줄기처럼 기쁜 것만 바라볼 순 없을까

나를 위한 나

'너를 위한 나'가 아니라

'나를 위한 나' 되기

아무래도 조금 어려운 것 같다

기분전환

부푼 마음으로 시작한 일이
생각처럼 안 되는 날
이리저리 머리를 굴려 봐도 답은 안 나오는 상황
그래, 어차피 이럴 거 좋은 것만 보자
생각은 멈추고 가장 좋아하는 노래를 틀자
시원하게 바람 한번 쐬고 은은한 조명을 켜자
나는 지금 쉬는 시간

회피소녀와 감성소년

흐린 눈으로 살아가면

안 좋은 것들을 굳이 안 봐도 돼서 좋아

세상은 참 더럽고 악한 것들 천지야

길가에 버려진 담배꽁초, 쓰레기

멍청한 사람들을 마주하지 않아도 돼

차라리 눈을 감는 게 더 낫지

봐봐, 얼마나 좋은지 아니?

.

.

.

그럼 이 세상에 아름답고 예쁜 것들도 못 보겠네, 슬프

겠다

있겠지 그럼

누구에게나 아름다움은 있겠지
나도 모르는 세에 누군가에게 내 아름다움이
잔잔한 물결처럼 흘러들어 갈 순간이 있겠지

내가 어떤 사람이라고 설명하지 않아도
이내 나를 끌어안아 줄 사람이 있겠지

핑계

너무 보고 싶어서 안 보고 싶은 이 마음을 알아?

네가 혹시라도 닳을까 봐 그게 걱정이야

내가 너를 너무 자주 찾게 되면 너라는 공책에

나에 대한 분량이 다 채워질까 봐. 그럼 끝을 맺어야

할까 봐

보고 싶어도 꾹 참게 돼

고양이

그 작은 머리로 무슨 생각을 하고 있을까
가만히 앉아 너를 보고 있자니
네가 되고 싶어져 버렸다

기억을 나누는 시간

만약에 말야,

우리가 서로 기억을 나눌 수 있다면 어떨까?

내 소중한 기억들을 필요한 사람에게 나누는 거지

따뜻한 온기가 필요한 사람에게

겨울날 아늑한 소극장에서 노래를 들었던 기억을,

사랑받고자 하는 아이에게

어릴 적 나를 위해 뭐든지 다 해주셨던 아빠 모습의 기

억을

내가 느꼈던 그때의 감정과 분위기, 온도를

마음껏 공유하는 거지

상상만 해도 즐겁다

너는 나에게 어떤 기억을 전해주고 싶어?

완벽한 하루

개운하게 일어난 아침에 좋아하는 사람에게서 연락이
와 있을 때
적당히 배부르게 먹고 여유롭게 차 한잔할 때
제일 좋아하는 옷으로 갈아입고 오늘따라 화장이 잘
되었을 때
랜덤으로 재생했는데 듣고 싶었던 노래가 나왔을 때
발길이 닿는 대로 간 카페에서 따뜻한 커피를 마실 때
길가에 피어 있는 작은 꽃 하나를 사진으로 간직할 때
오랜만에 보는 친구와 생각이 흘러가는 대로 대화
할 때
집 가는 길 버스 창가에서 바라본 세상이 참 아름다
울 때

그리고 은은한 조명이 비친 이불 속으로 퐁당 들어갈 때

아 이렇게만 살고 싶어라

마음 색깔

지금은 이래 보여도
내 마음은 원래 하얀색이었다고
그렇게 변명하며 살았는데

이제 보니
그냥 원래부터 회색이었던 거야
인정하니 더 이상 마음이 아프진 않더라

이렇게 살고 싶다

적당히 일하고 적당히 벌고
조금씩 글을 끄적이면서 살고 싶다
한가로이 책이나 왕창 읽고
마음에 드는 문장 하나 골라서
그걸로 가끔 내 사람들을 끌어안고 싶다

알 수 없는 것

꾸준히 무언가 하고 싶은 일이 생기는데
그럼에도 아무것도 하고 싶지 않은 마음의 연속이야
잘 살고 싶은 걸까
아니면, 살고 싶은 걸까

가면

이 사람과 있을 땐 이런 모습을 보여야겠다
저 사람과 있을 땐 저런 모습을 보여야겠고
오늘도 어김없이 바삐 돌아가는 나의 얼굴, 표정, 말투

가식적인 사람이라고 얘기하진 말아 줘
더 나은 모습을 보여주기 위해
나를 너에게 맞추는 것뿐이야

나의 마음

아주 작디작은,
볼품없고 나약하기만 한

이 작은 게 뭐라고 이리 쉽게도 내 하루를 조종하는지

어릴 땐 넘어져서 나는 상처가 그렇게 무서웠는데,
크고 보니 마음 다치는 게 가장 두렵네

마음속에 지니는 문장

너무 많은 생각은 마음을 고되게 하지만
그럼에도 우리는 생각하고 말할 필요가 있다

'좋아요'

'좋아요'를 많이 받아야
좋은 사람이 되는 줄 알았어요

그런데 이젠 알아요
몇 안 되는 내 사람들과 일상을 나눌 때
말하지 않아도 흘러오는 '당신이 좋아요' 하는 그 눈빛이
나를 좋은 사람으로 만들더라고요

사랑

모든 것을 참고 믿고 바라고 견디기

깊숙한 한마디

언젠가 너에게 이렇게 이야기했지
"내가 별이 된다면 어떨까. 아름다울까?"

돌아온 너의 한마디가 아직 가슴 깊게 새겨 있어
"지금 존재가 아름다우니."

살게 해줘서 고마워

푸른 감성

하늘 한 조각,
창백한 햇빛의 발자국
내가 보고 느끼는 세상 속,
익숙한 데서 오는 차가움
싫지만 않은 온도

P와 J

어차피 모두 일어날 일 앞당겨 봤자 뭐 해
어차피 모두 일어날 일 미뤄 봤자 뭐 해

용기 내어 말해봅니다

듣고 싶은 말만 들을래요
나 이기적인 거 아니에요
나에게 의미 없는 말만 내뱉는
당신이 더 이기적이에요
당신의 말들의 의미를 곱씹고 곱씹으면서
생각해 내야 하는 나를 좀 생각해 주세요
진정 나를 위한 말이 맞는지
한 번 더 생각하고 뱉어주세요

아홉 살에게

티 없이 맑던 아이야
곧 네가 마주할 두려움과 공포들은 네가 만들어 낸 것
이 아니야 그러니 부디 너를 탓하지 마

사랑만 받기에도 모자랄 아이야
너의 그 기억들은 절대 과거에만 머물러 있지 않고
흉터로 오래 남아 있을 거야 그러니 너무 아파하지 마
아픔은 익숙해지지 않고 매 순간 아파하기엔 네가 너
무 소중해

아이야
꿈속에서도 괴로울 날들이 찾아올 거야

숨이 안 쉬어지고 머리가 뱅글뱅글 도는 기분도 너를
맴돌 거야
그래도 버틸 수 있겠다면,
후회 속에 살지 말고 너를 사랑해 주며 자라길 바라
더 나은 모습과 더 나은 상황들을 조금이라도 쉽게 기
대하며 자라길 바라

무르익는 저녁

저녁노을처럼 마음이 저물다

복잡한 변명

행복한 일이 생기면 기분이 정말 좋죠
그런데 저는 항상 그 기분을 마음껏 느끼기도 전에
이 행복이 언제 사라져 버릴까 불안해했어요

늘 그렇듯 감정의 길이는 유한해요
그래서 끝이 날 걸 대비해 두는 편이라고 생각했어요
조금만, 조금만 불안해하면 행복한 감정이 끝나도
상실의 아픔은 크지 않을 거라 생각했어요

그렇게 불안을 끌어안았어요
불안이란 감정도 결국엔 끝이 날 테니까

모르겠어요,

그냥 가끔은 행복의 순간을 단순하게 즐기고 싶어요

익숙한 것들을 사랑하자

집에 돌아오는 길 저녁 풍경을 바라보면서
왜 항상 익숙한 것들에겐
계속적인 사랑을 내어주지 못할까 하는 생각이 들었어

좋았던 풍경도 또 가고 또 보다 보면
처음 마주했을 때의 설렘은 잠시뿐
동요되었던 마음은 어디로 갔는지도 모르게 묘연해지지
그리곤 더 좋은 곳, 더 예쁜 것들을 찾아 나서기 위해
안간힘을 쓰는 것 같아

그냥 뭐,
내 곁을 항상 머무는 것들에게 미안해지는 순간이야

가끔은 새로운 것에 설렘이란 자극을 느끼는 것보다

익숙한 것에서 안도를 느끼는 것도 좋은 거 같아

소중함을 놓치지 말자

한숨 쉰다고 달라질 거 있다

그 한숨 내뱉어서
네 마음 공간이 여유로워질 수 있다면
마음껏 그냥 내쉬었으면 좋겠다

울고 싶고 분하고
따지고 싶고 속상하고
당장이라도 뛰쳐나가고 싶은 마음 잘 알아
그걸 꾹꾹 눌러 담으면서
한숨 내뱉는 거 하나로 버티고 있는
네가 참 대견해

마음이 다 풀리도록

깊게 들이마시고 후 내쉬어 봐

마음 감기

쉽게 생각했는데, 쉽지 않네요
앓을 만큼 다 앓아야만 떠나가려나 봐요

계절은 중요하지 않더라고요
지나쳐 온 계절만 여러 개였어요

언젠간 다 낫겠죠
갑자기 찾아오는 감기쯤은 가볍게 넘길 수 있겠죠

하늘 예보

오늘 하늘은 무슨 색이고
저녁노을은 분홍빛인지 옅은 노란빛인지
아니면 보랏빛인지 미리 알려줬으면 좋겠다
그걸 알면 먼저 나와 카메라를 들고
두근대는 마음으로 서 있을 수 있을 텐데
하지만 미리 알지 못하니까 우연히 봤을 때
더 감동하게 되는 거겠지

진정한 복수

네가 그렇게 밉다 못해 괴로워서

너를 이해 못 하는 내 마음의 소화력을 탓했었어

너의 삶이 안녕하지 못해 위태롭고 불안하기만 바랐는데

그것 또한 내 마음 에너지를 정성스레 쓰는 거더라

그래서 그냥 동정하고 말려고

참 안타깝다 너

얼마나 모진 사람만 곁에 있었기에 그렇게 살아가는

거니

장미꽃 길을 걸으면서

죽기를 바라면서도
꽃향기를 맡아야겠다고
꽃길 안쪽으로 걷는 내가
참 우습구나

물음표와 , 마침표

언젠가 나는 나를 온전히 사랑할 수 있을까?

그럴 수 있긴 할까?

이대로도 괜찮을까?

이런 나를 사랑할 사람이 누가 있겠어?

응, 그래. 괜찮아, 모두 다.

색안경

이른 저녁 여유로운 버스 창가에서
눈에 담아도 모자랄 노을빛 하늘에 반해버렸지 뭐야
가슴이 두근거리고 설레는 이 기분에 취해버렸어
그런데 이내 깨닫고 말았지
내가 바라본 창문에 반투명한 노란 색지가 붙어 있었
다는 걸
창문 넘어 풍경들은 사실 잿빛이었어. 아름답지 않았지
그런데도 내 마음을 움직였으니
그걸로 된 거지 뭐

날씨 탓

우르르 쏟아져야 하는데
왜 비 한 방울 내리지 않나요
하늘은 티 없이 맑기만 하네요

내 마음이 소란스런 이유가
그냥 날씨가 안 좋아서라고 말하고 싶은데 말이에요

어쩌면 오지랖

어쩌면 다신 만나지 못할 스치는 인연들에게,
그러나 당신들의 삶이 안녕하기를 바란다
험난한 세상을 살면서 울적해질 때
언제든 꺼내 볼 수 있는 안식처를 마음속에 품고 살길
바란다
그게 누구든지 간에

바보의 사랑 방법

다녀와요

기다릴게요

언제든 다시 돌아와요

여기에 서 있을게요

당신이 당신에게만 집중했으면 좋겠어

그런 시간을 가졌으면 좋겠어

오롯이 당신의 행복을 좇았으면 좋겠어

그 시간 속에 나는 없어도 괜찮아

당신이 다시 돌아온 곳에

그곳에 내가 있으면 되는 거니까

여행

아 조금 지친 거 같아

나 이제 떠나도 될까?

조금 멀리

다시 돌아오겠다고 약속할게

그러니까 나 찾지 말아 줘

내가 너에게서 잊힐 때쯤 다시 돌아올게

약속할게

한결같은 우리

결이 같은 사람을 만나고 싶다

내가 저물어 가는 노을빛이라면
너는 그 위에 어스름한 달빛이었으면 좋겠다

말하지 않아도 쏙 빼닮은 재생 목록을 틀고
이어폰 한 짝씩 나누며 둘만의 세상에 녹아들었으면
좋겠다

괴롭게 생각하지 않아도
자연스러운 대화의 흐름을 타고 서로가 서로를
가장 잘 아는 사람이었으면 좋겠다

곁에 없을 때 소중함을 몸소 느꼈다가

짝지어진 퍼즐 조각처럼 비로소 다시 만났을 때

이보다 완벽할 순 없겠구나, 하고

너에게 감탄할 수 있었으면 좋겠다

잊힌다는 것

죽는 것보다 두려운 게 잊히는 거더라고
시간의 다른 말은 망각이듯이 시간은 속절없고
흘러갈수록 결국엔 모두에게 잊힐 거라고

내 안에 이미 내게 잊힌 이들에게
미안해지는 요즘이지만
나는 잊히지 않기 위해 글을 쓰리라고

누구의 잘못일까

속고 속이는 세상 속에
사람에게 여러 번 속아 의심이 많은 어느 아저씨는
어떤 사람도 믿지 못하고 사랑하지도 못해
그를 측은하게 여긴 몇몇이 다가가려 하는 순간
아저씨는 욕설을 퍼붓고 말지
그렇게 점점 고립되어 갔어
외롭게. 아주 외로이

그가 이렇게 되어버린 건
세상을 조금도 아름답게 바라보지 못하는 그의 탓일까,
아니면 속이는 사람들의 잘못일까?

삶은 한 장의 그림

난 항상 과정이 아름답지 못하면

쉽게 절망하고 발을 뺐던 것 같아

그림은 완성된 후에야 그 진가를 알아볼 수 있잖아

삶은 한 장의 큰 그림을 내 손으로 그려내는 것

먼 훗날 완성된 내 그림을 바라봤을 때

그 한 장의 종이는 어떤 색감과 분위기를 품고 있을까

그것을 마주하면 벅차오르겠지?

참 아름다웠으면 좋겠다

다채롭기 위해 지금의 슬픔쯤야!

너를 울린 사람이 누구야!

무조건적인 내 편
가끔은 이유 불문 내 편 들어주는
내 사람들이 있어서 다행이다
나도 그 사람들의 편이 되어야지
든든하게 살려고 노력해야겠다

기회

무너지지 않기 위해 악을 썼는데
무너지고 나니까 후련하더라

나는 무얼 그렇게 지키고 싶었던 걸까
결국엔 거울 안 병든 내 모습만 남았는데
조금 울적해지다가 이내 결심했어
이젠 나를 지켜가며 달려야지
무너졌기에 다시 일어서는 기회가 생기고 만 거야

위태로울 때 딱 놓는 것. 가끔은 그런 용기가 필요하더라
그리고 그다음이 중요해
그 용기를 추진력 삼아 다시 일어서는 거야

이건 아마 감사함일 거야

매일매일 죽음을 마주하면서도
매일매일 살아 있다는 안도감을 느끼는 것

멍한 표정을 짓고 살다가도
어느 날 저녁하늘이 아름다워서 뭉클한 표정을 짓는 것

미운 사람을 이해할 수 없다가도
그 안에 발버둥 치는 절박함이 보여서 안쓰러워지는 것

세상이 멸망하기를 바라다가도
아직 살만한 세상임을 눈치채는 것

내가 가장 무너져 있을 때 만난 너

너에게만은 좋은 사람인 것처럼 보이고 싶어서
꾸깃꾸깃 구겨진 마음을 애써 펴 보이려고 노력했어

아직 채 펼치지 못한 마음으로 너를 대하는 나
그런데 그 엉성한 내 모습은
어쩔 수 없이 너에게 모두 전달되었나 봐
더 잘 보이고 싶었는데

결국 너는 볼품없는 나를 더욱 초라하게 남겨둔 채
멀리 떠나가 버리고 말았어

이렇게 또 혼자가 되었어

어쩔 수 없는 나이기 때문이겠지

나는 이럴 수밖에 없는 거겠지

점프

그냥 한번 해보고 아님 말고
지금 이 시련을 고난도로 뛰어넘으려 하기보다,
그냥 한번 점프 시도해 보기
아주 살짝
폴짝, 이 정도로만 해보자

짝사랑의 한계

어차피 이루어질 수 없는 이 시점에서
나는 너에게 최선을 바라는 걸까,
아니면 최악을 바라는 걸까?
무엇이든 확신을 가지고 싶은 걸까,
아니면 이도 저도 아닌 애매함을 즐기는 걸까?

괴리감

평소처럼 만나 평소처럼 시간을 보냈는데
이 동떨어진 마음은 무엇일까
내가 이상해진 걸까
아니 네가 이상해진 거 같아
달라 보여 너

.

.

.

이제 무얼 해야 하지?

한숨

조금만, 조금만 더 내쉬면
내 숨이 끊어질 것 같은데 어떻게 안 될까

나의 전부가 누군가에겐 찰나라는 걸
이제야 알아버렸지 뭐야

지켜졌던 모든 것들이 헛된 상태가 되었다는
상실과 괴로움에

다 끊어내 버리면 안 될까
이 내쉬는 숨을 마지막으로
끝끝내 저버리면 안 될까

편지

힘들어도 돼. 괜찮지 않아도 돼.
네가 힘들다고 해도 절대 약한 사람이라고
생각 들지 않아.
그러니까 정말 흐르고 벅찰 정도로
힘들고 우울한 날이어도 혼자 버티려 하지 말고
몇 시든 언제든 좋으니까 전화나 연락 줘.
네가 날 생각해 주듯 나에게 넌 너무나도
소중한 사랑이야. 없어선 안 되는 내 사람.
우리 꼭 웃자. 이 힘듦, 우울 이겨낼 필요 없어.
이 힘듦도 나고 우울도 나야.
그 시기를 줄이다 보면 자연스레 없어질 거야.
조급할 필요 없어 내가 있잖아.

난 네가 무슨 생각을 하든, 뭘 하든, 뭘 해도
다 네 편이야.
항상 네 뒤엔 든든한 내가 있다고 생각해 줘.
이게 사실이니까.
너무 빨리 갈 필요도, 너무 멀리 갈 필요도 없으니
순간에 있어 행복한 선택 많이 하자 우리.

한기 속에 온기

바람이 이렇게 차가운 것은
그만큼 맞닿은 손이 더 따뜻하게 느껴질 수 있다는 건
가 보다

이 한기 속에 내가 속한 곳이
당신의 가장 따뜻한 곳이라 참 다행이다

어느 순간에 어느 곳을 가든
묵묵히 같은 온기를 품고 길을 내어줄
당신이 있어서 안락하다
감사하고 행복하다

뭉클한 계절

겨울은 한숨이 보이는 계절

그래서 사람들의 마음을 더 잘 알 수 있나 봐

유난히 고되었단 걸 잘 알지만 그럼에도 따뜻했기에

고생했어 참 따뜻했어

이 온기를 오래도록 기억했다가

다음 겨울이 오면 다시 꺼내어 볼게!

너의 청춘을 기리며

십대에 쓴 유서를 꺼내봤다
그다지 펼쳐보고 싶진 않은 것이지만
왜인지 그때의 나를 마주하고 싶단 생각이 들었다

그곳의 넌 여전히 열심을 다했고 완벽하고 싶었고
완벽히 죽고 싶었구나
사람을 여전히 사랑했고 사람을 탓하지 못해
모든 걸 지고 떠나려 했구나
누군가에게 목적 없이 이름이 불릴 때 가장 행복했고
칭찬 한마디에 살고 싶었구나

이리도 쉽게 다시 살 마음이 있었다는 게

참 다행이면서도 절로 눈물이 글썽인다

구겨진 노트 한 장을 뜯어 지금은 다 시들어 버린
꽃 한 송이를 풀로 꼭꼭 붙여둔,
'너의 청춘을 기리며'라는 문장으로 끝나는 이 긴 글이
너의 다난했던 하루하루들을 대변하는 듯해

고생했다. 살아 있어 고맙다. 아직 나의 청춘아
지금의 내가, 그때의 네가 있었기에
그 흘렸던 눈물의 뜨거움이 아직 느껴지기에
그 무게를 잊지 않음을

타오르는 밤

폭죽 같은 생각의 시간

사랑하는 단어

그리움. 사랑. 순수. 뭉클함. 따뜻함. 웃음. 온도
방랑하다. 함께. 마음. 감각. 평안. 소중함

미리 하게 되는 버릇

기대가 크면 실망도 크기에
기대하지 않는 버릇처럼
다가올 고통도 미리 꺼내서 최악으로 상상해 두면
현실은 항상 그보다는 덜해서
나름대로 버틸 수 있게 하는 거 같아

자기 전 루틴

잠에 들기 위해 매일 밤
부단한 노력을 해야 한다는 것
이리 불쌍한 일이 아닐 수 없다

작은 소음도 새어 들어올 수 없게 차단,
마음이 편안해지는 룸 스프레이 뿌리기,
머리맡 조명은 가장 어둡게
포근하면서도 가벼운 적정 온도 유지,
잔잔한 분위기에 맞는 선곡과
가장 편한 자세를 찾기 위한 끝도 없는 뒤척임

눈을 감고 잠에 빠져들길 하염없이 기다리면서

졸음 대신 쏟아지는 온갖 잡념들을 받아내고
하루를 회상하며 잘잘못을 따지기
미운 사람에게 치밀어 오르는 분노와
내일 일을 미리 꺼내 먹어 소화시키려는 이 모든 과정
속에
생각을 멈추고 싶단 생각을 하면서
시끄러운 내면을 잠재우기 위해 심호흡하기

이 수고로움이 버거울 때가 많다
나는 자는 것이 어려웠던 게 아니라
잠에 드는 과정이 어려웠나 보다

폭죽 같은 사랑

아 폭죽 같은 사람아

타오른 꽃들이 하늘에 수놓이고

너로 인해 내 두 눈이 다채로이 반짝여

쿵쿵 뛰는 심장 소리가 너에게까지 닿기를 바라는 순간

꽃들이 지고 검게 번지는구나

결국 내 곁을 떠나고야 말았구나

제게 이렇게 말해주세요

아무도 안 알아줘도 내가 알잖아
세상에 필요한 일이 아니면 어때
내가 나를 기특해하는 일,
스스로가 사랑스러워지는 일
어쩌면 그리 어렵지 않을 거야

잘하고 있어 충분히

스스로를 망치는 생각

할 수 있다는 가능성,
나는 이 정도밖에 가지지 못했는데
너는 더 많아 보인다
좋아 보인다

왜 항상 너는 웃고 나는 항상 우는 것만 같지?

왜 네 주변은 그렇게 따뜻하게 채워져 있는데
내 주변은 이렇게 텅 비어 있어 공허한 거지?

실패를 해도 너는 딛고 일어서는데
나는 일어서는 방법을 도무지 모르겠어

다리가 움직이지 않아

너의 길은 탄탄대로인데
나는 사방이 벽으로 막혀 있는 것 같아

내가 너였으면 좋겠다
네가 나이길 바라는 건 욕심이겠지만

함께하지 못한 감정들

누구와도, 어떤 것도 나와 속해 있지 않은 거 같아요. 이 이상한 감정을 지우려 노래를 크게 틀었어요. 이어 폰 너머에선 기타 연주가 신나게 흘러나오는데 두근두 근 드럼 소리가 분명 심장을 울리는데 나는 아무 감정 도 들지 않아요.

어떤 꿈을 그려야 할까요. 어떤 풍경을 상상해야 할까 요. 계속해서 걷고 있는데 이제는 어디가 앞인지도 모 르겠어요.

나만 괜찮으면 다시 살아갈 수 있다는 걸 알아요. 근데 괜찮은 거, 그거 어떻게 어디서부터 시작해야 하나요.

난 잘 모르겠어요.

나는 누구에게 묻는 걸까요.

분리불안

손이 놓이는 게 무서워서
손을 잡지 못하겠다면 이해할 수 있어?

나는 항상 생각해
함께하는 거 좋아. 행복해. 직관적인 감정이야
그런데 떨어지는 게 싫어서,
언젠간 꼭 분리됨을 몸소 불안이란 감정으로 느껴야
하니까
그게 너무너무 두려워

함께하는 시간이 길수록
다가올 불안에 대한 불안은 점점 더 커져만 가

초조해져

내 손 절대 놓지 않겠다고 말해줄 수 있어?

청춘

우리는 왜 어른이 될수록 솔직하지 못했을까

엄마의 꿈을 내어주어서야 얻을 수 있던 내 삶이
이토록 허무할 줄은 몰랐지

사랑하고 영원하며 꿈을 꿀 줄 알았는데
좌절하고 그리워하며 후회하는 날이 더 많을 줄은

당연한 수순이라 여겨질 날도 오겠지
지금의 이 순간도 그리워질 날이 오겠지

반복되는 밤

무기력, 좌절감, 배신감과 자기혐오 사이 그 무언가
평온하고도 담담하고도 한없이 추락하고 있는 마음
그것
3년째 낫지도 않는 이 마음을 위해 매일 밤 약을 넘기고
오지 않는 연락을 기다리며 핸드폰을 켰다, 껐다, 한숨
한번
의미 없는 것들이 매일 반복이야. 지겨워

행복하길 바라

괜찮다, 괜찮아
진짜 그랬으면 좋겠다
오늘 밤은 무사히
아무 걱정 없이 편안히

그냥
그랬으면 좋겠어서

비로소 알게 된 고통

내가 너를 사랑해서
네가 상처를 받게 되었다면 미안해

그걸 알면서도 눈 질끈 감고 한 발짝 더 다가갔는데
난 그게 대단한 용기라도 되는 줄 알았어

그런데 내가 너를 사랑해서,
그 사랑이라는 이유가
내게도 상처만 되니까 이건 멈춰야겠다 싶더라
참 이기적이지
맞아, 아픈 건 딱 질색이더라

팡

좋아하는 이 마음이
부풀고 부풀다 보면 언젠간
팡 하고 터지고 말겠지

무로 돌아갈는지
터진 자리에서부터 꽃가루가 흘러
너에게로 닿을지 모르겠지만
일단 한번 생긴 이 마음을 계속 둘 수밖에

슬픈 단어

고독. 불안. 서늘함. 미움. 자기혐오
아픔. 후회. 공허. 두려움. 비난. 소외감

1퍼센트로 살기

아닌 줄 알면서도

이다음은 어떻게 행동해야 하는지 잘 알고 있으면서도

내 주변, 아니 내 머릿속까지도 하나같이 그건 아니라

하는데

마음에서 울리는 '혹시 모르잖아' 하는 작은 외침이

다음을 기대하게 만들더라

그 기대로 다시 일어서서 살게 되더라

혹시 모르는 1퍼센트의 기대감

그 확률에 모든 것을 걸 수는 없겠지만

가볍게 기대는 거지 뭐

좋을 정도로만 써먹으면 되는 거지 뭐

매일 밤

불안한 생각들이 먼지처럼 퍼지는 밤
내 앞에 어둠이 소름끼치게 무서워져서
눈을 감으면 이 어둠이 나를 잡아먹을 것 같은 느낌이야

어쩔 수 없이 눈을 계속 뜨고 있어야 했어
가끔씩 바깥에서 나는 작은 소리에도 움찔하기를 몇 번,
곧 날이 밝더라

아직은 견뎌야 하겠죠?

이대로 딱 눈 감고
이 자리엔 아무것도 없었다는 듯이 사라지면 좋겠는데
그러기엔 아직 못 느껴본 행복이 많아서
아쉬운 마음이 커요

사람을 진심으로 사랑할 수 있는 것
그로 인해 행복해하는 것
그 감정이 저에게도 올까요
제가 그걸 바라도 될까요

바라기만 하며 이 지금 현실을 살기엔
참 무리인 것 같아요

조금 위태로운 듯해요

행복한 삶이 보장된다면 얼마나 좋을까요
그저 아직 느껴보지 못한 행복을 느낄 날을 기대하며
오늘 이 시간을 견뎌볼게요

공황

공기의 흐름이 변하는 걸 눈치채는 건 순식간이야
속 깊은 곳에서부터 무엇인가 끓어오르고
가슴이 턱턱 막힌다
쿵쿵 누군가 쫓아오는 이명이 들리고
코끝에 시큰거림이 퍼지면서
목구멍이 좁아지고 호흡이 가빠진다
시계 초침 소리가 굉음이 되고
어지러워서 눈앞이 흐려진다
서서히 나를 조여 오는 이 이상한 흐름을 멈춰보고자
눈을 감고 침을 삼켜본다
있는 힘껏 숨을 참아본다
숨이 멎을 것 같다

이대로 멎으면 어떡하지

이대로 딱 멎었으면 좋겠다

밤에 하는 기도

당신이 이 밤을 무탈하게 보내게 해주세요
깜깜한 방 안에 외로워 눈물짓지 않게 해주세요
이름조차 모를 감정들과 다투지 않게 해주세요
새벽에 공허함에 눈 뜨지 않게 해주세요
꿈속에서 자유로이 날게 해주세요
밝을 다음 아침을 기대로 맞이하게 해주세요

꿀잠

덕분에 꿀잠 자겠다!

이 말이 너무너무 좋아. 평생 간직하고 싶다
즐거운 하루, 알차게 보낸 하루, 조금은 고되었던 하루
마무리하고 푹 잠들 수 있는 날
나와 함께 하루를 보낸 네가 그럴 수 있겠다니 참 다행
이다
오늘 정말 재미있었어
어떤 뒤척임도 없이 아무 꿈도 꾸지 말고 깊은 잠에 들길
내가 기도할게

그림자를 사랑한 여인

어둠 사이에 당신을 보기 위해서
매일 밤, 빛을 따라갔어요
빛이 있어야만 당신의 존재가 보이는데
정작 당신은 영원히 빛을 마주 볼 수 없네요
그래서 나도 빛을 등지기로 했어요
당신을 볼 수 있다면 말이에요

미운 대상

내 무기력은 자기혐오에서 비롯된다는 걸
오랜 인고의 시간 끝에 알게 되었다
한 번쯤은 나도 날 사랑할 때도 되었는데
아직도, 아직도
한없이 낮아지는 마음
화나고 짜증 나. 미워
근데 그 대상이 나야

떨어트린 약 한 알

밤을 새워 뒤척이는 건
원래부터 약이 부족해서일까
아님 나의 의지가 부족해서일까
그 조그마한 약 한 알이 뭐라고
내 긴 밤을 이리 쉽게 결정짓는지
편안히, 쓰이는 마음 없이, 잘 자자
원래는 이러지 않았으니
돌아갈 때 됐어

빗속에 춤을

하늘을 봐요
거짓말처럼 비가 와요
우리 그냥 빗속에서 춤을 춰요
금세 온몸이 젖겠지만 아무렴 어때요
토독토독 빗소리에 맞춰 리듬을 타고
세상에 우리만 존재하는 것처럼 춤을 춰요

백일몽

꿈만 같았는데 정말 꿈이었나 봐
정신을 차려보면 어둡고 차가운 내 방 안에
외롭고 딱한 나만이

이 세계

뜨겁게 사랑하고 사람에게 데어 아파도 하지만
그럼에도 함께해 주는 사람이 존재하며
자유로이 방랑할 수 있는 용기가 있는 것
봄 여름 가을 겨울 사계절을 매번 새롭게 느낄 수 있는 것

이 세계의 나는 먼지 한 톨일지 모르지만
내 존재 이유가 특별히 있다는 건 참 기쁜 일이다

별사탕

나는 울퉁불퉁 모났어
하지만 존재가 특별하잖아
아주 작은 나를 우연이라도 발견하면
너도 기분이 좋아지고 말걸?
나의 다채로운 빛깔에 빠져버릴지도 몰라
나의 달콤함에 취해버릴지도 몰라

공감

좋아하는 시, 영화, 음악
우리가 예술이라 칭하는 것들의 존재가치는
공감이란 이름으로
서로 간 연결될 수 있다는 점에 있지 않을까
그의 마음, 나의 마음
그곳에 투영되는 나란 존재

그들의 언어에 공감할 수 있어서 좋다
공감을 해주는 이가 있어서 쉽게 포기할 수 없는 것
같아,
나 역시도

욕심쟁이

더 잘하고 싶은 마음에 터져 나오는 울음

'괜찮아 잘하고 있어'

알아 나도 알고 있어
근데 자꾸 욕심이 나
내 욕심 때문에 불안한 거 맞아

약속 하나 하자
못해도, 어긋나도 미워하지 말자
그거 하나 지키며 살자

열아홉에게

따뜻한 사람이 되어야겠다던

이 세상에 아픈 사람이 참 많다고
그런 사람들을 꼭 끌어안아 주겠다던

사람에게 상처받아도
사람을 사랑하는 걸 멈추지 않겠다던

그때의 너는 아직 유효하니?

뭐가 됐든 그 온기가 아직 너에게 남아 있었으면 좋겠다
내가 아는 너는 정말 따뜻한 사람이야

밤을 지나는 너에게

너의 밤이 안녕했으면 좋겠다
반짝반짝 수놓인 별길을 따라
걱정 없이 흘렀으면 좋겠다
펼쳐질 새로운 길을 기대하며
너의 표정이, 너의 마음이
설렘으로만 가득 찼으면 좋겠다

꿈을 따라 안녕하길, 춥지 않길
내가 온 마음으로 바랄게
잘 자

몽롱한 새벽

깊게 물들다

가끔은

터무니없는 상상을 하면서
터무니없는 웃음을 짓는 것
가끔은 그런 게 필요하더라

예를 들면,
새해가 시작하는 순간에 함께 있자고
너에게로부터 연락이 오는 것
이런 거 말이야

나의 진심

나같이 부족한 사람을
과분할 정도로 사랑해 주는
너희가 있어서 참 감사해

사실 그 사랑이 잘 믿기지 않아서
조금은 의심도 했었어
나 진짜 부족한 마음을 가지고 있지?

그래도 이 마음으로 진심을 전할게

내가 너희를 정말 좋아해
이 말 꼭 하고 싶었어

희망이 있음을

마음이 공허해요 갑자기 두려워요

써지지 않는 글을 붙잡고 잠조차 못 이뤘던 나는

언제쯤 내 꿈을 이룰까요

두근대는 마음을 진정시키려 안 듣던 노래를 꺼내 들

어요

오늘 밤을 지내면 조금은 나아지겠죠

아직은 희망이 있음을 알아요

체념의 연속

우린 정말 다른 모습을 하고 있었는데
같아 보이려고 내 모습을 바꿔가며 노력했던 나는
참 욕심이 많은 사람이었나 봐
같은 방향을 바라보지도,
그렇다고 마주 보고 있지도 않다는 걸
난 진작 알고 있었을지도 모르겠는데
멀어져 가는 네 모습을 바라보면서도
네 마음만은 이곳에 있길 바랐나 봐
서글프지
맞아, 이 서글픈 마음도 나만 간직하고 있겠지

유일한 감정

나는 다감한 사람이었어요

당신처럼 빛나는 사람이 나에게 줄 수 있는 건
동정뿐이란 걸 난 잘 알기 때문에 다행인 것 같아요

내 진심은 조금 더 아기자기하고 어여뻐야 했는데
그게 아니라 미안해요
난 그저 투박한 마음을 품고 있는걸요

이 마음을 혼자 끌어안았어야 했는데
그랬어야 했는데

조금 춥네요

나는 이미 많이 차가워요

내게 허락된 감정은 비참함이 전부예요

어차피 끝나게 될 거라면 작별인사를 해야겠어요

나는 다감한 사람이었어요

그냥 그렇다고요

당신을 사랑해서 내가 참 미안해요

안녕

나만 아는 부끄러움

너의 절망만을 바랐는데 이제는
너도 최선을 다하고 나도 최선을 다하는
각자가 행복한 삶을 살았으면 좋겠다

나의 절망을 바라는 당신에게,
너는 행복했으면 좋겠다

모순

하고는 싶은데 당장은 하고 싶지 않은 마음

네가 보고 싶은데 혼자 있고 싶은 마음

밖에 나가고 싶은데 일어서긴 싫은 마음

갖고 싶은데 내 것 하기엔 부담스러운 마음

외로워 죽겠는데 또다시 사랑을 하고 싶진 않은 마음

다들 한 번씩 겪을 모순이야

다들 그렇게 사는 거야

방랑하는 밤

우연히 마주한 시 한 편에 마음이 흐르는 밤

온전한 공허함과 몸을 스치는 찬 공기, 외로움

왠지 참 낭만적이라고 생각했어

현실과는 동떨어진 감정이야. 그래서 아름다워. 좋아

이 감정들로 만든 운율에 몸을 맡기자

흐르고 또 흐르지

해가 뜨면 다시 현실

허탈함, 그리고 상쾌함

끝을 맺는 방랑

나도 모르던 나

너를 좋아하는 줄로만 알았는데
너를 좋아하는 나를 사랑하고 있었더라고

해피엔딩

'아주 오래오래 행복하게 살았답니다'

동화 속 주인공들은 언제나 행복한 엔딩을 맞이한다
행복이 보장되어 있다 하지만 그를 위해선
온갖 시련을 다 겪어야 하는 안쓰러운 우리의 주인공
아팠던 만큼 그 뒷이야기엔 행복과 웃음만 가득하길
바라며
책을 덮고 뭉클한 상상을 하는 것
그러다 문득 생각한다

내 인생이 한 편의 책 속 이야기라면 동화일까
주인공이긴 할까

생각하니 웃음이 난다

끝이 날 것 같지 않은 이 인생도 엔딩이 있을 테니

어찌 됐든 그 끝엔 웃음소리만 가득하길

꽃길

너는 꽃길을 걸었으면 좋겠다

그럼 나는 꽃이 되어야지

잦은 바람에 흔들려도

이 길을 걷는 너만 바라보아야지

J에게

예술을 당신의 모습에 빠져들어
내가 예술을 시작했나 보아요

당신의 몇 마디 말이
선율에 흐르는 몸짓이
당신이 만든 시 같은 노랫말이
모두 나에게 영감이 됩니다

당신이 있어서 내가 아름다움을 말해요

이건 그리움일까?

무엇보다 안정적인 걸 추구했던 나는
너를 만나고 많은 걸 배우게 되었어

사랑이 식을까 봐 사랑을 만져보지 못했던 내가
너를 사랑하게 된 건
내게 가장 큰 도전이었을지도 몰라

무너졌을 때 그 자리에 앉아서 울기만 했는데
무너졌을 때 눈물 닦고
다시 일어서는 법을 알게 만들어 줘서 고마워

이제 눈물이 많이 나진 않네

아직은

또 죽는 버릇
언제쯤 온전히 살고 싶을까
마음은 수백 번 이미 죽었는데
아직 살아 있으니 살 수 있겠지

포기

좋아하는 이유를 억지로 만드는 건 마음 아픈 일이지만
싫은 이유를 억지로 만드는 건 가슴이 찢어질 듯하다

진심

당신을 사랑합니다
당신으로 살아갑니다

살아내려 하기보다 살아지는 삶

뭐든지 의미를 만들어 내기 나름이더라

좋고 나쁜 건 사실 나 스스로 결정하는지도 몰라

살아낼까, 살아질까

이 삶의 무게가 버겁게 느껴진다면

감당하려 악을 쓰고 버티지 말고

그러다가 제풀에 지쳐 추락하지 말고

그냥 흐름에 맡겨 봐

눈앞에 있는 걸 내려놓고 먼 곳을 바라봐 봐

잔잔한 파도 위에 누워 있듯이

작은 것에 감사해질 수 있을 거야

그렇게 살아지는 거야

나는 네가

살아내려 하기보다 살아지는 삶을 살았으면 좋겠다

나의 히어로

그는 태어날 때부터 만능인 줄 알았어요
아무리 짓눌리고 아픔이 찾아와도
그이기에 거뜬히 이겨낼 거라고 생각했어요

내 생각이 틀렸어요
그도 외로울 때 울었어요
그도 고통을 느끼는 그저 사람이었어요

그는 점점 닳고 있었어요
언젠가 내 눈앞에서 한순간에 사라질지도 모른다니까
정말 무서웠어요

저물어 가는 나의 히어로

이제 내가 당신을 지켜주고 싶어요

고백

당신에 대한 감정은 지금도 오래 남아 있어요

그게 좋다, 라는 감정인지는 모르겠지만

생각 정지 버튼

이 스위치를 끄면
오늘은 더 이상 생각 안 하는 거야
미련 가질 필요도 없어
꼬리에 꼬리를 물고 퍼져가는 것들,
딱 정지시키고
하염없이 깊은 잠에 빠져드는 거야

사랑하는 그들의 음악

그들의 노래를 들으면 마음이 벅차올라
수십 수백 번 들어도 노래는 결코 닳지 않아
마음이 너무 힘들 때, 사라져 버리고 싶을 때
가장 찾게 되는 그들이야
그들의 언어는 아름다워
그 선율을 들으면 피가 흐르는 기분을 느끼고
그 기분은 결국 다시 나를 살게 만들지

만약 내가 네 곁을 떠나게 된다면
이 노래를 듣고 나를 떠올려 줄래?

비가 내리면 젖고

바람이 불면 흔들려

그럴 수밖에 없어

맞아, 이건 자연스러운 거야.

- Nell, Fantasy

천국

아무 걱정, 어떤 불안도 없는 곳
구름 타고 하늘을 달리는 상상도 이루어질 수 있는 곳

사랑하는 친구들과 손 붙잡고
제일 사랑하고 동경했던 분의 품에
꼭 안길 수 있는 곳
모두가 기뻐서 노래할 수밖에 없는 곳
아름다운 웃음꽃이 영원히 끊이지 않을 곳

살아 있어 고마운 그대

네가 내게 살고 싶지 않다고 했을 때
살아 달라고 애원해서 미안해
그 말이 네게 얼마나 무거웠을지
새어 나오는 충동을 꾹꾹 누르며
버티고 버티다가 얘기했을 텐데
그랬을 텐데
내가 참 이기적이지?
그래도 잘 견뎌 왔네, 고생했다
고마워 참
살아 있어 고마운 그대

미련이 되어 줘서 고마워

내가 더 고마워
진심만 이야기할게

불행을 말하던 내가
행복한 나로 살 수 있었던 건
저마다의 위로가 있었기에

날 떠나는 걸 가장 두려워하던 내가
언젠가 떠나야겠다고 울부짖던 때
네가 내 미련이 되어 주었기에

살아 있어서 다행이라는 순간들에
자꾸만 그때 붙잡던 얼굴이 떠올라서
뭉클해 감사해
울컥하고 또 미안해

그래서 더 살아야겠어
그래 보려 해

나를 인정하기

무엇 하나 한 가지 일을 끈기 있게 하지 못하는 내가
또다시 새로운 일을 시작할 때면
참 많은 사람들이 박수를 쳐줬지
그 박수소리에 묻혀 으스대며
난 정말 멋있는 사람이라고 생각했어

난 멋있는 사람이라 이번에 하는 일은 다를 거라고
계속해서 오래 이 일을 할 수 있을 줄 알았는데
항상 그 열정의 불씨는 금방 꺼지더라

한계에 부딪히고, 눈물 쏟고, 땅굴을 파고들다가
박수 쳐준 사람들에게 변명했지

일이 맞지 않는다고. 사람이 맞지 않는다고

맞지 않는 건 나였어

이런 나를 인정하기가 참 힘들더라

꾸준한 마음으로 평범하게 살아가는 사람들과 비교하

기도 했어

하지만 그들도 수백 수천 번 눈물지으면서

마음의 불씨를 꺼뜨리고 피우기를 반복했겠지

이 세상엔 대단한 사람들이 많아

이젠 이런 나를 인정하고

비교하지도 않으며 받아들이려고

또다시 한계에 부딪혀, 해보고도 아니면

변명부터 찾기보다

그냥 더는 하기 싫어서 그만두었다고 얘기할래

남들 눈에 행복하려고 내 삶을 억지로 끼워 맞추려다

껍데기만 남게 되면 그건 정말 큰일이니까

다시, 아침

다시, 희망

봄이 오려나

눈물이 마르지 않던 나였는데
이젠 좋아지려나 봐
내 안에 우울 그 틈 사이를 비집고
햇빛이 드리우고 있어
그 빛의 따스함을 느꼈어, 찰나의 순간에

반짝반짝 빛날 나의 봄날
이제 때가 된 것 같아

아침노을

하루를 시작할 때에 꼭 하늘 한 번 바라보기
매번 같지만 다른 오늘의 하늘
떠오르는 햇빛에 반사된 구름과 맞닿아
경계가 흐려진 그 옅은 하늘색이 좋다

주문

어제보다 좋은 하루. 강박이 아니라,

딱 조금만 더 잘 지내보자는 나의 주문이다

작은 불꽃 하나

꽃이 지는 건 막을 수 없어요
하지만 꽃이 피는 것도 막을 순 없죠
작은 불꽃 하나가 또다시 피어요
사랑을 약속해요
이 땅에 태어나 피어 있을 동안
불씨가 꺼질 때까지 나는 사랑을 할래요
내 빛으로 세상의 어둠을 밝힐래요

알아주기

'알아주다'라는 단어를 좋아한다
네 생각을 공감하는 마음, 이해하는 마음을 넘어
이 마음들을 한데 모아 네게 다시 선물하는 것 같다
알아주기만 해도 상대는 더 나은 발걸음을
할 수 있지 않을까

수고를 알아주기
선행을 알아주기
결심을 알아주기
벅참을 알아주기

물결같이 반짝이자

잔잔한 물결을 가만히 보고 있노라면
왠지 모르게 열심히 살고 싶어진다
반짝이 가루를 풀어놓은 듯 태양 빛을 반사해 내는
이 일정한 무늬가, 이미 내 마음도 반짝이게 만든다

삶은 물과도 같아서

대단한 무언가를 시작하려는 힘이 없으면 어때요
밥 한술 뜨는 힘만 있어도 살아지는 게 삶이더라고요
노력은 좋은 거지만 노력할 수 있는 힘이 없다고
도리어 노력하다가 쓰러지지 말아요
삶은 물과도 같아서
흘러가게 내버려둬도 고이지 않고 잘 흐르더라고요
두 손으로 꽉 잡으려 할수록 틈 사이로 새어 나가고
말아요
그러니 그 흐름에 몸을 맡겨보아요
온몸에 긴장을 풀고 심호흡을 해보아요
천천히, 천천히 호흡하면서 하늘을 바라보아요
정말 가볍게 흘러갈 수 있을 거예요

광야를 지날 때

홀로 걷는다 생각했다
외로움만이 친구 되어
끝이 나지 않을 것 같던
삭막한 이 광야 속을
묵묵히 발만 보며 걸었다

한 줄기 바람이 뺨에 스치고
버석한 나무 그늘에 한숨 한 번 내뱉고
졸졸 흐르는 시냇물 소리에 집중하는 순간

이 작은 것들이 함께하고 있었다니
이렇게 감사할 수가!

살아갈 힘

다음 계절을 그리워하는 것
친구와의 터무니없는 계획
사랑으로 인한 미화된 기억
추억할 수 있는 무언가
나의 생을 위한 사람들의 기도
스스로 괜찮다고 여김에서 오는 여유

완치

세상이 예뻐 보이고 웃음이 많아졌어

우울한 노래 가사가 잘 공감되지 않고 작은 것에 감사해

자주 흥얼거리고 기력이 살아나 이제야 심장이 뛰는

것 같아

기쁜 사람들의 감정에 공감하고 내가 다 행복해

그냥 모든 게 다 좋아 보여

이게 정말 오롯이 내 것이 맞을까 싶기도 한데,

완치 판정받았으면 좋겠다!

나의 바람일 뿐이지만

난 당신이 죽음이 아닌 삶을 응시했으면 좋겠어요
과거도 먼 미래도 아닌 하루하루를 살았으면 좋겠어요
세상이 무너져 내리다가도 무너지지 않는 세상을 보며
안심했으면 좋겠어요
추운 날에 얼어붙기보다 온기를 찾아 나섰으면 좋겠어요

나의 바람일 뿐이지만 당신이 살 수만 있다면
그 주변에 내가 없어도 좋으니
계속해서 바라고 기도할게요

오늘 날씨 맑음

절대 멈출 것 같지 않았던 비가 언제 그랬냐는 듯 그쳤다
아프게 눈부시던 그때, 다신 안 올 것 같던 나의 때가
내게 다시 찾아왔다
다시는 놓치고 싶지 않은 나의 평범한 하루, 보통의 행
복감
이곳에 유영하듯 살아야지

살아야지 꼭

아낌없이 주는 나무

내 몸은 더 이상 살아 숨 쉬지 않아요
하지만 나는 이제야 어디든지 갈 수 있어요

곳곳에 흩어져서 마음이 병든 사람들을 찾아갔어요
무너질 때 홀로 눈물 흘리며 읽는 책이 되었어요
지칠 때 쉼터가 될 의자가 되었어요
가장 소중한 친구가 일기인 사람에게
하루를 진하게 남길 수 있는 연필이 되었어요

너무 기쁜 일이에요
그들은 나를 통해 살아 숨 쉴 수 있게 되었어요
나는 그저 아낌없이 나누는 게 좋았어요

내 몸은 여기저기에서 새로운 삶을 살아가요

근황

이렇게 아름다울 수가 있나
세상에 바뀐 건 하나 없는데
구석진 내 마음에 빛이 들기 시작하니
모든 게 아름다워 감격하는 요즘이야

오로라 보러 가자

그 약속이
그 뭉클하고 아득한 약속이
나를 살게 하더라

사랑한다고
그러니까 함께 살아가자고
토닥이는 것 같아서
뜨거워지는 마음을 붙잡고
지금까지 버텨온 것 같아

사랑해
우리 꼭 오로라 보러 가자

5월의 산책

푸른 하늘 햇빛에 반사되는 초록색
아이들의 웃음소리, 행복해 보이는 사람들
덩달아 가벼워지는 발걸음

꿈을 응원

새로운 꿈이 생긴 당신을 응원해요!
이미 당신은 그 꿈들로 반짝반짝 빛나고 있네요

무사히 도착할 거예요
그러니 천천히,
변하는 계절도 느끼고
만나는 사람들마다 눈인사도 하고
몽글몽글 피어오르는 감정들도 마음껏 마주해 보아요

도착점까지 즐거운 여행이 되길 바라요

도착 그리고 새로운 출발

이곳에 도착했다는 건 곧, 새로운 출발이 시작된다는
뜻일 거야

여기까지 와줘서 고마워. 그리고 새로운 출발을 응원해!

어디까지 가든, 나는 항상 네가 오는 길을 잘 즐기며

무사히 도착하길 바라고 있을 거야

행복은 목적지가 아닌 부단한 여정이니까

기대해

내일은 무슨 일이 일어날까?
아니, 당장 한 시간 뒤에 내가
어떤 기분, 무슨 표정을 하고 있을지
지금의 나는 아직 모르지

알지 못해서 오히려 좋아
내일의 하늘 색깔을 기대하듯, 이 세계를 기대해
더 아름다울 매일의 나를 기대해

우울아 엿 먹어

우울증 환자로 4년을 살아 보니

이제는 내가 어떻게 해야 우울에서 조금 더 벗어나고

어떻게 하면 쉽게 우울에 빠질 수 있는지 알 거 같아

우울하지 않으려면

내 감정을 있는 그대로 글쓰기,

하루 중 감사했던 것 생각해 보기,

갑작스럽게 여행 가기,

누군가를 좋아한다는 감정에 빠지기,

욕하고 싶을 땐 욕하기,

과한 감정을 쏟는 것은 메모장에만 하기

이 정도 있는 것 같고

반대로 우울하려면 음,

누군가와 나를 비교하기,

타인과 함께 있을 때의 나와 혼자 있을 때의 나를 비

교하며

괴리감에 휩싸이기,

나를 무조건적으로 미워하기

그 밖에도 더 있지만 적지는 못하겠네

우울하지 않으려고 위에 있는 것들을 안 하려 노력하

고 있지만,

어쩔 수 없이 빠져드는 생각은 서서히 스며든다는 게

나의 결론이야

그럼 나는 그때마다 그 어지러운 생각에서부터
위에 적은 일들을 하며 최대한 발을 빼
그럼 조금 나아

나에게 우울은 주기적으로 반드시 찾아와
근데 그걸 어떻게 재빨리 멀리 보내느냐가 중요한 것 같아

언젠간 예고 없이 찾아오는 우울도
웃으면서 어서 가라고 보내 줄 수 있지 않을까?
우울아 엿 먹어! 이러면서

나 많이 건강해졌지?